KB196759

쿠키 두 개

쿠키 두 개

이희영 소설 — 양양 그림

창비

차 례

1. 꿈을 꾸는 아이

정말 유치하고 촌스러운 질문이,

"우리 어디서 본 적 있죠?"

너무 황당하고 우스운 소리가,

"그러니까 꿈속에서요."

누구도 아닌 내 입에서 튀어나왔다. 한참을 멍하니 나를 보던 얼굴은 선반 위 도자기 인형처럼 미세한 변화조차 없었다.

"……꿈."

굳게 닫힌 입술이 벌어지더니 가랑비처럼 희미한 목소리가 흘러나왔다.

"안 꾸는데."

그 말을 끝으로 길쭉한 몸이 뒤돌아 가게를 빠져나갔다. 나는 바보처럼 서서 이차선 도로를 건너 가로수 길을 따라 멀어지는 뒷모습을 바라보았다.

"꿈…… 나는 꾸는데."

차가운 에어컨 바람도, 고소한 쿠키 냄새도, 흥얼거리던 노래마저 지겨워진 나른하고 따분한 오전이었다. 회화나무 사이로 하얗게 햇살이 쏟아지는 7월, 고등학교 첫 여름 방학이 시작되고 며칠이 지난 어느 날이었다.

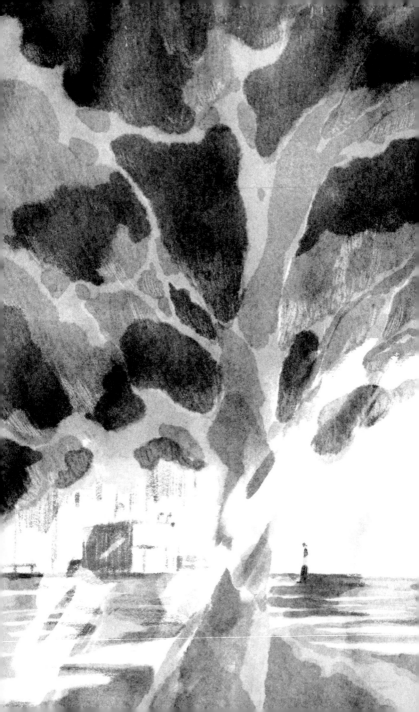

＊

방학은 또 다른 배움의 시간이다.

이 말을 누가 했는지는 정확히 기억나지 않는다. 선생님 중 한 분이었겠지. 또 모를 일이다. 교문 앞에서 받은 방학 특강 학원 전단이었는지도.

방학이 또 다른 배움의 시간인 건 맞다. 다만 그 배움이 방학을 맞이한 당사자가 아닌, 모친의 것이라는 사실이 조금 다를 뿐이다.

"오전 8시부터 12시."

"사장님. 우리 인간적으로 아르바이트생 밥은 먹입시다."

"너 밥 먹는 시간까지 시급에 넣어 달라고?"

"공은 공이고, 사는 사죠."

아니면 정식으로 아르바이트생을 뽑든가요, 하는 표정으로 나는 손톱을 매만졌다. 협상에서 우위를 선점하는 건 의외로 간단하다. 거래가 성사되지 않아도 전혀 아쉬울 게 없다는 여유를 보이면 된다.

"아, 참! 기말 끝나고 반 단합 대회 한다고 쿠키 서른 개 주문하신 어떤 분이 아직 대금을 입금하지 않았지?"

하지만 세상은 결코 이론대로 흘러가지 않는다. 때로는 협상 자체가 의미 없는 완벽한 갑과 을 관계가 있다.

"딸이 시험 끝나고 모처럼 반 애들을 위해……."

"공은 공이고, 사는 사죠."

엄마와의 협상에서 내가 우위를 선점할 날이 과연 오기는 할까?

"그래, 좋아. 밥은 먹여야지. 오전 8시부터 오후 1시까지."

그건 어쩌면 엄마도 마찬가지인지 모르겠다.

"커피우유는."

"알았어. 너 좋아하는 커피우유도 한 상자 주문할게. 어때, 콜?"

"콜."

나는 그렇게 방학과 동시에 아르바이트생이 되었다. '쿠키 한 개'라는 상호에서 알 수 있듯, 엄마는 수제 쿠키를 파는 가게를 운영한다. 대부분 단체 주문이라 내가 하는 일이라고는 매장을 정리하고 가끔씩 가게를 찾는 손님을 상대하는 게 전부다.

그 흔한 커피 한 잔, 음료수 한 병 팔지 않으니,

홀에 마련한 세 개의 테이블에 손님들이 앉는 경우는 드물다. 단체 주문이 많을 때면 아빠와 나까지 총출동하지만 사실 가게는 엄마 혼자 꾸려도 크게 문제 될 건 없다. 다행인지 불행인지 아르바이트생을 써야 할 만큼 손님들이 밀려들지 않는다는 뜻이다. 사람들이 산과 바다로 떠나는 한여름이라면 더더욱 유리문에 매달린 작은 종이 침묵을 지킨다.

"슬슬 다른 디저트도 도전해 볼까 싶어서. 당장에 메뉴를 늘릴 건 아니고, 그냥 가볍게 신청해 봤어. 해외에서도 인정받은 제과 장인이래. 한 달 정도 수업을 진행하는데 정말 좋은 기회잖아. 마침 너도 방학했고."

결국 방학을 이용해 배움의 시간을 갖는 건 엄마가 되었고 그사이 '쿠키 한 개' 매장을 지키는 사람은 내가 되었다. 배움에는 끝도 완성도 없다는 말이 버겁게 들리지만, 덕분에 내 통장의 잔고는 조금 덜 버거워질 예정이다. 그리고 엄마와 거래가 성사된 그날부터 나는 이상한 꿈을 꾸기 시작했다.

＊

손. 그래, 그것은 손이었다. 창백하고 하얗게 빛나는 손. 그러나 정작 그 손의 주인은 흐릿했다. 먹을 적신 붓으로 칠한 듯, 검은 벨벳 장막을 펼쳐 놓은 듯, 손을 제외한 나머지 부분은 어둠 속에서 희미한 실루엣으로만 존재했다.

"안녕."

인사를 건넨 존재가 손인지, 그 주인인지 알 수

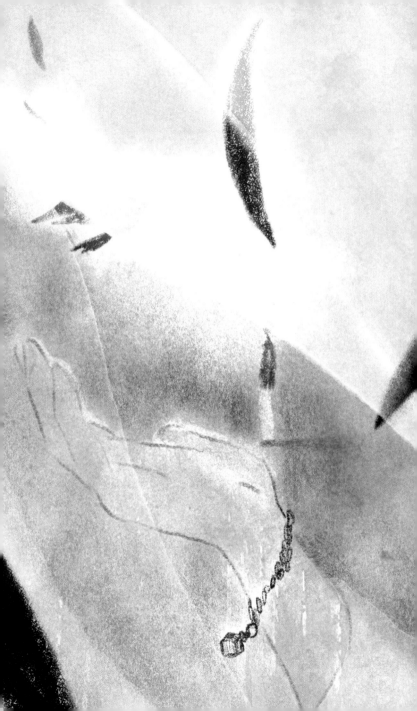

없었다. 나는 물끄러미 허공에 떠 있는 투명한 손을 바라보았다. 내 시선이 손목에 감긴 방울 팔찌에 닿았다. 손이 하늘하늘 움직일 적마다 귓가에 맑은 소리가 스며들었다.

"예쁘다."

"뭐가?"

"그냥. 다."

예쁘게 느껴진 건 손이나 팔찌, 아니면 방울 소리일 수도 있었다. 그래, 그냥 이 모든 것이 다 예뻤겠지.

"저기를 봐."

한 마리 새처럼 날아온 손이 투명한 손가락을 세워 어딘가를 가리켰다. 시선이 따라간 너머에 누군가가 있었는데 흐릿한 조명 아래 홀로 서 있는 사람은 내 또래의 십 대 남자애였다.

"누구야?"

손에게 물었다. 아기의 웃음을 닮은 천진한 방울 소리가 들렸다.

"쟤는 쟤야."

나는 바보처럼 고개를 끄덕이며 "쟤는 쟤구나." 중얼거렸다. 그 순간 은은하게 울리던 방울 소리가 사라지더니 귓속을 파고드는 음악이 방 안을 뒤흔들었다. 나는 더듬거리며 휴대폰 알람을 껐다. 눈을 뜨자 하늘하늘 춤추던 손도, 맑게 울리던 방울도, 멀리 서 있던 누군가의 모습마저 깨끗하게 사라져 버렸다.

"이상한 꿈이네."

모든 것은 꿈이었고, 세상 모든 꿈은 희한했다.

나는 끙 소리와 함께 상체를 일으켰다. 방학이 시작됐지만 늦잠은 금물이었다. 곧 '쿠키 한 개'로 출근할 시간이니까.

엄마의 하루는 새벽 5시에 시작된다. 전날 주문이 들어온 쿠키를 만들어 고객들에게 보낸 후, 가게에서 판매될 쿠키까지 진열하면 벽시계는 오전 9시를 가리킨다. 엄마를 도와 매장을 청소하고 주방을 정리하니 눈 깜짝할 사이에 한 시간이 흘렀다.

"요즘은 말차쿠키가 잘 나가서 기분이 좋아."

엄마는 녹차가 아닌 말차로 쿠키를 만든다. 사실 녹차나 말차나 그게 그거지 싶겠지만 찻잎을 우려 마시는 녹차와 달리, 말차는 거친 잎맥을 모두 제거한 후 곱게 분쇄해 가루로 만들어 타 마신다. 덕분에 훨씬 부드럽고 향이 풍부하다. 쿠키를 만들었을 때 더 진한 풍미를 느낄 수 있다. 유기농 최고급 말차만을 사용하는 탓에 다른 쿠키에 비해 가격이 조금 더 높다.

"그나저나 왜 아무 말이 없어?"

쿠키를 포장하다 시선을 돌렸다. 뭐가? 되묻는 표정에 엄마의 두 눈이 가늘어졌다.

"반 애들이 쿠키 먹었을 거 아니야. 꽤 신경 많이 썼는데."

"뭘 뭐래. 다들 맛있다고 하지."

나는 재바른 손길로 쿠키들을 진열장에 넣었다. 초코칩, 아몬드, 땅콩, 크랜베리, 마카다미아. 방금 오븐에서 나온 쿠키의 고소한 냄새로 온 세상이 잠식되어 갔다.

"그게 다야? 뭐가 제일 맛있다는……."

"빨리 준비해. 수업 늦겠다."

툭 내뱉은 한마디에 엄마의 눈길이 둥근 시계에 닿았다. 그 즉시 위생모와 앞치마가 벽에 걸리고 언제나처럼 똑같은 당부를 남긴 채 작은 뒷모습이 총총히 가게를 벗어났다. 흰색 경차가 도로에 올라서자 내 입에서는 안도인지 허무함인지 모를 한숨이 흘러나왔다.

"생각보다 많은 말들이 있었지."

나는 유리 진열장 위에 턱을 괴고 이차선 너머 회화나무 길을 건너다보았다. 7월은 아침부터 햇살이 뜨거웠다.

'초등학생도 아니고 반 단합 대회에 과자 보내는 엄마가 있네.'

'엄마가 보낸 게 아니라 내가 부탁했어. 우리 엄

마 수제 쿠키 가게 하거든.'

'그럼 이런 식으로 너희 가게 홍보하는 거야?'

'홍보가 아니라……'

'혹시 가게에서 팔다 남은 거니? 편의점 폐기처럼. 이거 먹어도 괜찮나?'

어느 곳이나 삐딱하게 세상을 보는 부류는 있다. 다만 그 소수 때문에 말도 안 되는 해명을 하는 현실이 어이없고 화가 났다. 쿠키는 그저 쿠키일 뿐이었다. 버리기 아까워서 가져왔다니. 어떻게 그토록 무례한 말을 내뱉고는 장난이라며 쉽게 웃을 수 있을까.

이런 답답한 생각들을 하며 나무늘보처럼 늘어져 있다가, 나는 천천히 상체를 곧추세웠다. 도로 맞은편에 서 있던 사람이 '쿠키 한 개'를 향해 걸

어오고 있었다. 유리문이 열리고 작은 종소리가 울렸다. 아침 햇살을 등진 채 가게에 들어온 사람은……

"어서 오세요."

그 아이였다. 투명한 손가락이 가리키던 바로 그 주인공. 고작 꿈에서 본 사람을 어찌 그리 정확하게 알아보느냐 묻는다면, 그만큼 내 꿈이 또렷하고 선명했다고 말하고 싶다.

"저기."

잠이 덜 깬 듯 멍한 얼굴이 가까이 다가왔다.

"쿠…… 쿠키 주세요."

반쯤 넋 나간 표정은 나 역시 마찬가지였다. 마주하고 있는 상대가 실제인지 환영인지, 내가 깨어 있는지 여전히 꿈속인지 구분되지 않았다.

"어떤 맛으로 드릴까요?"

꿈속에서 보았고 눈앞에 현실로 나타난 아이가 두 눈을 끔뻑였다. 그러고는 손가락을 들어 유리 진열장을 가리켰다. 거스러미가 일어난 긴 손가락을 보자 어디선가 방울 소리가 들리는 것 같았다.

"이거랑 이거요."

단순한 손짓으로 눈치챌 수 있었다. 상대는 쿠키에 별다른 흥미가 없다는 것을. 자신이 가리킨 쿠키가 무슨 종류이며 어떤 맛인지조차 관심 없다는 사실을 말이다.

"버터시나몬과 초코칩이요?"

"네, 두 개요."

나는 두 개의 쿠키를 꺼내 종이봉투에 담았다.

"삼천 원입니다."

아이가 카드를 건넸다. 계산을 끝낸 후 나는 봉투를 주며 인사했다.

"감사합니다. 또 오세요."

그날이 아이를 만난 첫날이었다. 그러니까 꿈과 현실 양쪽 모두를 다 해서 말이다. 하지만 단언컨대 내가 또 오라 한 장소는 엄마의 가게였지, 절대 꿈속이 아니었다. 그 아이는 해가 지면 내 꿈속으로 찾아왔고, 해가 떠오르면 열심히 '쿠키 한 개'의 문을 열었다. 손가락으로 두 개의 서로 다른 쿠키를 고른 뒤, 뒤돌아 총총히 빠져나갔다. 그렇게 이차선 도로를 건너 회화나무 길 너머로 사라졌다.

그날 이후, 잠들기 무섭게 눈앞에 선명한 꿈이 펼쳐졌고 그 몽롱한 세상 속으로 어김없이 손이 찾아왔다. 언제나처럼 하얗고 긴 손가락을 세워 흐릿한 조명 아래 서 있는 아이를 가리켰다. 손이 움직일 적마다 들려오는 맑은 방울 소리가 좋았다.

"쟤는 재야."

손이 먼저 말했다.

"알아."

"쟤를 안다고?"

손이 물었고 나는 괜스레 뒷머리를 긁적였다. 어떻게 모를 수 있을까. 매일 비슷한 시간에 가게에 찾아와 쿠키 두 개를 주문한 뒤 도망치듯 사라지는데. 하지만 그것이 전부였다. 저 아이가 몇 살인지 이름이 뭔지 왜 매일 가게에 찾아와 쿠키를 딱 두 개씩만 사 가는지 아무것도 알 수 없었다.

모르겠는 건 눈앞에서 새처럼 날아다니는 손도 마찬가지였다. 생각해 보면 밤마다 나를 찾아오는 존재는 바로 이 손이었다. 만약 꿈이 아니라면 나는 제법 논리적인 질문을 했을 터다. 예를 들어 손과 아이는 무슨 관계인지, 왜 내 꿈에 나타나 저 아이를 소개해 주는지, 저 아이는 왜 아무 말 없이 인형처럼 서 있는지 따위를 물었겠지. 그러나 논리와 상식과는 거리가 아주 먼 것이 꿈속 세상이었다. 하여 내가 손에게 한 질문이라고는 고작…….

"왜 쟤를 알려 주는데?"

이 말뿐이었다.

"그냥."

이것이 손의 대답이었다. 그 순간 알람이 울렸고 나는 눈을 떴다.

"어쩔 수 없네."

하지만 현실이라고 별반 다르지 않았다. 내가

그 아이에게 한 질문은 "우리 어디서 본 적 있죠? 그러니까 꿈속에서요." 이런 말도 안 되는 것뿐이었다. 그 아이가 가게로 들어오는 순간, 내 현실과 꿈의 경계는 카드로 만든 탑처럼 쉬이 허물어져 제대로 된 생각을 할 수 없었으니까.

이상한 건 그 아이도 마찬가지였다. 매일 비슷한 시간에 가게를 찾는 걸 보면 세상 누구보다 쿠키를 좋아하는가 싶지만, 절대 아니었다. 편의점에서 삼각김밥 하나를 고를 때조차 신중해지는 것이 사람이다. 한 개에 천오백 원이나 하는 수제 쿠키를 연못에 돌을 던지듯 그토록 무심한 눈길로 고르진 않을 테지. 누군가의 심부름이라 믿기도 힘들었다. 그 아이는 쿠키의 이름을 말하는 대신 손가락으로 아무렇게나 가리킬 뿐이었다. 타인의 부탁이라면 원하는 종류를 구체적으로 요구하지 않을까?

그리고 나는 비로소 중요한 사실 하나를 깨달았다. 꿈속에서 만난 적이 있지 않냐,라는 생각만으로도 귓불이 붉어지는 질문이 큰 실수였다는 것을…….

그날 이후 쿠키 두 개 소년은 한여름 햇살만큼이나 숨 막히는 궁금증을 남긴 채 사라져 버렸다. 그 아이가 가게에 발길을 끊자 투명한 손도 모습을 감췄다. 덕분에 그토록 기묘하고 생생한 꿈을 더는 꿀 수 없게 되었다. 그즈음 나는 한 가지 습관이 생겨 버렸는데, 테이블을 닦으면서도, 쿠키를 정리하면서도, 유리 진열장에 턱을 괸 채 커피우유를 마실 때조차 괜스레 이차선 도로를 살핀다는 것이다.

밤마다 침대에 누워서는 하늘하늘 떠다니는 손

을 떠올리며 허공에 괜스레 내 두 손을 펼쳐 보기도 했다. 그러나 그 아이도, 투명한 손도 더는 나를 찾아오지 않았다. 내가 기다리는 게 쿠키 두 개를 사 가던 현실 속 아이인지, 꿈속의 손이 가리키던 내 또래의 소년인지는 알 수 없었다. 그렇게 시간이 흘러 8월이 되었다. 까맣게 탄 피부가 여름의 흔적이라면, 귓가에 여전히 남아 있는 방울 소리는 여름밤 꿈의 흔적이었다.

*

꼬마는 십 분째 쿠키를 고르고 있다. 살 수 있는 쿠키가 두 개에서 한 개로 바뀌자 신중해진 얼굴로 땅콩과 초콜릿을 번갈아 보았다. 나는 꼬마의 손에

들린 천 원짜리 두 장을 곁눈질했다.

"그럼 땅콩 주세요."

결국 땅콩이 최종 선택되었다. 나는 쿠키를 봉투에 담으며 아이를 보았다. 까만 눈동자 속에는 초코칩이 알알이 박힌 카카오색 쿠키가 담겨 있었다.

"손님. 저희가 하나하나 손으로 직접 만드는 수제 쿠키라서요. 초콜릿쿠키 중에 위에 올라가는 초코칩이 조금 덜 들어간 게 있거든요."

쿠키를 바라보던 작은 얼굴이 고개를 들었다.

"괜찮으시면 그 초콜릿쿠키는 오백 원에 드릴 수 있는데요."

쿠키를 천 원으로 알고 온 손님이었다. "하나에 천오백 원이에요?" 물어보며 얼마나 실망하던지 그 시무룩한 표정을 보자 괜한 죄책감마저 들었다.

결국 나는, 꼬마 손님의 자존심도 지키면서 쿠키를 저렴한 가격에 주는 약간의 편법을 떠올렸다. 물론 차액은 내 지갑에서 나가겠지만.

그렇게 쿠키 두 개를 받아 든 꼬마가 얼굴 가득 함박웃음을 지었다.

"진짜, 최고의 날이다. 감사합니다."

꼬마가 꾸벅 인사를 한 뒤 토끼처럼 깡충거리며 문밖을 나섰다. 쿠키 하나에 최고의 날을 경험할 수 있는 삶이라니, 부디 저 꼬마의 하루가 고소하고 달콤하기를 바랐다. 작은 손에 들려 있는 두 개의 쿠키처럼…….

"그래, 맞다. 최고의 날이 별거냐?"

8월이 시작되고 열흘이 지났다. 엄마의 수업과 내 여름 방학도 끝을 향해 달려가고 있다. 머지않아

가로수의 진초록 잎이 노랗게 물들겠지. 그 아이와 꿈속 투명한 손이 거짓말처럼 사라졌듯이……. 나는 유리 진열장에 턱을 괴고 밖을 보았다. 목이 마른지 나른한 기분에서 깨어나고 싶은지 모르겠지만, 냉장고 속 커피우유가 간절했다. 비스듬히 기댄 상체를 일으키고는 주방 쪽으로 몸을 돌려세웠다. 그 순간 익숙한 종소리와 함께 가게 문이 열렸다. 동시에 가을 홍시처럼 툭 심장이 떨어졌다. 설마 온 거야? 나는 천천히 문을 향해 돌아섰다.

"저기요. 그쪽이 아까 우리 애한테 이거 속여서 팔았어요?"

툭 하고 떨어진 것은 심장이 아니었다. 반쯤 먹다 남은 초콜릿쿠키가 비슷한 소리를 내며 진열장 위로 떨어졌다. 내 시선이 금방이라도 울 것 같은

꼬마에게 닿았다. 작은 얼굴이 **빠르게** 도리질 쳤다. '아니에요. 나는.' 소리 없는 외침이 들리는 듯했다.

"장사 똑바로 해요. 세상 물정 모르는 어린아이라고 이렇게 불량품을 속여 팔아도 돼요?"

"불량품 아닙니다. 불량품은 가게에 진열하지 않아요."

팔짱을 끼고 삐딱하게 고개를 기울인 여자는 꼬마의 엄마인 듯싶었다. 안타깝게도, 아니 슬프게도……

"어디서 거짓말이야. 우리 애한테 잘못 만든 쿠키라서 싸게 준다고 사탕발림했잖아."

상대의 말이 짧아진 만큼 내 심장도 거칠게 뛰었다. 얼굴에 뜨거운 열감이 느껴지고, 나는 최대

한 천천히 호흡하려 노력했다.

"잘못 만든 거 아니에요. 제가 진열장에서 직접 꺼내는 모습 CCTV에 다 찍혔을 거예요."

"그럼 왜 우리 애한테 거짓말까지 하면서 쿠키를 줬는데?"

꼬마에게 달콤한 초콜릿쿠키를 맛보여 주고 싶어서, 최고의 날을 선물하고 싶어서, 살다 보면 이런 행운도 찾아온다는 걸 알려 주고 싶어서, 그저 엉뚱한 핑계를 댔을 뿐이었다. 나는 한 번 더 꼬마에게 시선을 두었다. 작은 얼굴은 고개를 숙인 채 더는 나와 눈을 마주치지 못했다.

"저는 단지……."

"우리 애가 거지로 보여?"

"아닙니다. 절대 그런 의미가 아니었어요."

"이거 불량 식품 아니야? 포장지에 유통 기한도 성분 표시도 없는데?"

"매일 아침 새로 만들어서 그날 다 소진해요. 성분 표시는 메뉴판에……."

"그날 다 소진하는지, 묵혀 뒀다 또 파는지 어떻게 알아? 아무튼 혹시라도 우리 애한테 무슨 일 생기면 그땐 각오 단단히 해."

여자가 아이의 팔을 낚아채 밖으로 나갔다. 엄마를 부르며 울먹이던 꼬마가 고개 돌려 나를 보았다. '죄송해요. 그런 뜻이 아니었는데…….' 그렁한 눈 속에는 누군가의 무너져 내리는 최고의 날이 있었다. 8월의 햇볕이 작은 머리 위에 내리꽂히고, 나는 반쯤 먹다 남은 초콜릿쿠키를 꼭 움켜잡았다. 힘없이 부서지는 게 쿠키가 아닌 내 안의 무엇 같았다.

주방에 쌓여 있는 소금을 생각하다, 꼬마의 얼굴이 떠올라 도리질 쳤다. 하지만 바닥에 떨어진 쿠키 가루처럼 더러워진 기분은 어떻게든 닦아 내고 싶었다. 청소 도구를 꺼내려 돌아서는데 또 한 번 종소리가 울렸다. 땅콩쿠키도 먹다 남았나? 생각하며 몸을 돌려세우자 눈앞에 서 있는 건…….

엉뚱하게도 그 아이였다.

"어…… 어서, 오……세요."

내 바보 같은 인사에 막 잠에서 깬 듯 멍한 얼굴이 가까이 다가왔다. 아이는 언제나처럼 아무렇게나 쿠키를 고르는 대신 무언가를 찾는 집요한 시선으로 진열된 쿠키들을 꼼꼼하게 살폈다.

"녹차쿠키는 없나요?"

나도 모르게 흡 하고 숨을 들이마셨다. 꿈에서 보았고, 현실에서 마주한 이 아이가 처음으로 자신이 원하는 쿠키를 말했다.

　"녹차 대신 말차쿠키는 있어요."

　아이의 시선이 말차라 쓴 쿠키들에 닿았다. 말차는 다른 쿠키보다 오백 원이 더 비쌌다. 일부러 비싼 쿠키를 권해 준 것 같아 어쩐지 긴장됐다.

　"녹차여야 하는데……."

　망설이는 듯 나직한 읊조림이 들려왔다. 그것이 내게 한 말인지 혼잣말인지는 모르겠지만 확실한 건 아이가 찾는 쿠키가 반드시 녹차여야 한다는 사실이다.

　"말차가 녹차예요. 가루가 더 곱고 향이 진한 최상품 녹차라고 보시면 돼요. 그래서 가격이 다른

쿠키보다 더 비싸요."

가격 얘기는 사족이었는데 괜한 소리를 한 것 같았다. 아랫입술을 깨물자 쿠키를 살피던 시선이 나에게로 향했다. '오랜만에 왔네요?' 소리 없는 인사는 마른침과 함께 삼켰다.

"그러니까, 이게 녹차랑 같은 거죠?"

"네, 맞아요. 말차가 녹차예요."

크게 고개까지 주억이며 대답했다. 하지만 내가 왜 이토록 필사적인지는 알 수 없었다.

"그럼 이거 주세요."

"두 개요?"

"네. 두 개요."

아이가 대답하며 가게를 한 바퀴 둘러보았다.

"그런데 여기서 먹고 가도 돼요?"

봉투를 집으려던 손이 허공에서 멈췄다. 나는 반쯤 넋이 빠진 얼굴로 아이를 보았다. 또다시 꿈과 현실의 경계가 허물어지며 가벼운 현기증이 느껴졌다.

"그럼 매장용 접시에 담아 드릴게요."

쿠키가 담긴 접시를 든 채 껑충한 몸이 구석진

테이블에 앉았다. 그렇게 잠시 말차쿠키를 내려다보던 아이가 그중 하나를 손에 쥐고는 귀퉁이를 입에 넣었다. 아작 소리를 들었다고 생각한 순간 가슴이 또 한 번 덜컹거렸다. 아! 금방이라도 터져 나오려는 탄식을 어금니 사이로 짓씹었다.

　여름 햇살을 등진 채 앉아 있는 아이는 꿈속 그 모습과 똑같았다. 밀랍 인형처럼 표정 없는 얼굴로 조용히 쿠키 한 입을 베어 물었다. 그런 아이의 눈에서 후드득 고이지도 못한 눈물이 떨어졌고, 그 눈물방울은 보이지 않는 돌멩이가 되어 내 몸 곳곳에 날아와 부딪쳤다. 언어로는 형용할 수 없는 시리고 싸한 통증이 가슴에 밀려들자 무언가에 홀린 사람처럼 두 다리가 제멋대로 움직였다. 정신을 차렸을 땐, 나는 송골송골 이슬이 맺힌 커피우유 한

팩을 손에 들고 그 아이와 마주 앉아 있었다. 언제
주방까지 다녀왔지? 아니, 어떻게 허락도 없이 마
음대로 손님 테이블에 앉을 수 있을까? 모든 질문
의 답은 쏟아지는 한여름 햇살에 흔적 없이 녹아
버렸다. 부디 그렇게 되기를 희망했다.

　"이거, 마시면서 먹어요."

그렁한 두 눈에서 또다시 눈물이 방울져 떨어졌다. 그 모습이 내 안 깊숙한 곳에 잠가 두었던 단단한 문을 열어젖혔다.

"이거 파는 거 아니에요. 내가 마시려고 사 놓은 거예요. 그러니까 마셔도 돼요."

조금의 당혹감도 없는 무표정한 얼굴이 말끄러미 나를 보았다.

"왜인지는 묻지 말아요. 그냥 주는 거니까. 진짜 그냥……."

반 아이들에게 쿠키를 나눠 준 것도, 꼬마에게 쿠키를 선물한 것도 모두 그냥이었다. 그러고 싶었고 그게 전부였다. 어떤 목적이나 이유 따위 없었다. 그런데 왜 사람들은 이 단순한 마음을 믿지 않는 걸까? 의심하고 질타를 보낼까? 무거운 철문을 힘껏 닫아 두었다고 생각했는데 아니었다. 내 안의 문은 너무 쉽게 열려 버렸다. 그 안에 차곡차곡 쌓아 놓았던 서러움과 속상함, 외로움과 아픔이 허물어지며 한꺼번에 쏟아져 나왔다. 내가 어찌할 새도 없이 왈칵 눈물이 터졌다. 저 아이는 알까. 눈물은 바이러스보다 강해서 쉽게 전염된다는 사실을.

"그리고 그쪽이 내 꿈에 나왔다는 것도 사실이에요. 진짜라고요, 진짜."

결국 엉엉 소리 내어 울었다. 내가 왜 우는지 대체 뭐가 이토록 서럽고 슬픈지, 이 순간이 얼마나 황당하고 창피한 일인지도 모른 채 그냥 울고 또 울었다.

"쿠키 한 개."

아이가 앞에 놓인 접시를 밀어 주며 말했다.

"먹을래요?"

그 한마디에 꾹꾹 눌러 담았던 감정이 더욱 폭발했다. 나는 더 크게 울었다.

그날 밤, 오랜만에 다시 꿈을 꾸었다. 꿈속의 손은 여전했고, 그 길고 투명한 손가락이 가리키는 곳에는 내 또래의 소년이 있었다.

"나 쟤 알아."

이번에 먼저 말한 쪽은 나였다.

"나도 알아."

손이 짧게 내뱉고는 조용히 덧붙였다.

"쟤는 나도 알고, 이제 너도 알아."

그 말을 끝으로 눈앞에서 손이 사라졌다. 멀리 보이던 아이도 지워졌다. 사방을 휘둘러봐도 손과

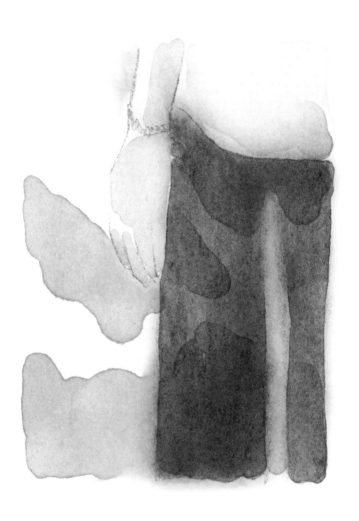

아이는 보이지 않았다. 다만 맑은 방울 소리는 점점 더 선명하게 들려왔다. 소리를 쫓아 눈을 돌리자, 방울 달린 팔찌는 내 손목에 감겨 있었다.

"이게 왜?"

그것이 마지막이었다. 눈을 뜨니 활짝 연 창으로 희붐한 햇살이 스며들었다. 나는 천천히 허공에 손을 뻗어 보았다. 팔찌 따위 있을 리 없는데 여전히 방울 소리가 들리는 듯했다. 고개를 돌려 책상을 보았다. 오늘따라 탁상 달력에 표시해 둔 빨간 동그라미가 선명했다. 며칠 후면 개학이고 2학기가 시작될 것이다. 내 다채로웠던 방학과 여름, 그리고 그 밤의 기묘한 꿈도 모두 기억 너머로 사라질 것이다. 알람은 아직 울리지 않았다.

2. 꿈을 안 꾸는 아이

　낯선 도시 낯선 동네에서는 모든 것이 생경했다. 너무 많은 사람과 차 들, 화려한 간판을 단 상점들이 모자이크 작품처럼 틈새 없이 붙어 있었다. 아파트를 빠져나와 무작정 가로수 길을 걸었다. 터벅거리던 발걸음이 멈춘 곳은 이차선 도로 앞이었다. 고개를 들자 '쿠키 한 개'라고 쓴 간판이 보였다. 독한 감기약을 먹은 것처럼 몽롱한 기분이 들

었다. 무언가에 이끌리듯 좁은 도로를 건넜다. 그렇게 나는 '쿠키 한 개'의 문을 열었다. 작은 종소리가 울리고 "어서 오세요." 반갑게 인사한 사람은 내 또래로 보이는 여자아이였다.

나는 쿠키를 좋아하지 않는데? 생각하며 안으로 걸음을 옮겼다. 꿈에서 막 깨어난 듯 머릿속이 멍하고 나른했다. 내가 이 도시에 온 지도 벌써 사흘이 지났다.

*

학년당 한 학급이 전부인 초등학교를 졸업한 아이들은, 학년마다 1반이 전부인 중학교에 입학했다. 모두 다 아는 얼굴이었고, 집안 사정까지 속속

들이 꿰뚫고 있었다. 나는 L과 무려 구 년째 같은 반이 되었다.

"뭐해?"

L이 물으면,

"아무것도."

나는 대답했다.

"그렇구나."

우리는 운동장 스탠드에 앉아 기묘한 모양으로 흘러가는 구름을 보았다. L은 다른 아이들처럼 집요하지 않았다. 캐묻지도 않았다. "아무것도 안 해." "아무 생각 안 하는데?" "그냥 있는데." 대답하면 "그렇구나." 하며 고개를 끄덕였다.

'무슨 대답이 그러냐?'

'너 내가 우스워?'

'대답 좀 성의껏 하지?'

괜한 오해나 엉뚱한 화풀이를 하지 않았다. L은 세상에서 가장 편한 존재였고, 구 년 동안 유일하게 속마음을 터놓을 수 있는 친구였다.

'너희들 사귀냐?'

아이들은 나와 L을 보며 종종 한쪽 입꼬리를 말아 올렸다.

'응.'

그때마다 L은 웃음으로 대답했다. 그러다 한번은 L과 내가 조금 데면데면하게 지낸 적이 있었다. 왜 그랬는지는 기억나지 않지만, 아마 각자 일에 바빴지 싶었다.

'너희들 깨졌냐?'

아이들의 빈정거림에 L은 여전히 싱긋 웃으며

말했다.

'응.'

이런 나와 L에게 아이들은 더는 관심을 두지 않았다. 그저 똑같은 것들이라든지 끼리끼리 같은 말을 내뱉을 뿐이었다.

3학년 중간고사가 끝난 어느 날이었다. 벼들의 고개가 겸손해지고 마을을 감싼 산들이 화려하게 단장하는 가을이 찾아왔다.

나른한 오후, 깊게 숨을 들이마시자 오독오독 소리와 함께 진한 녹차 향이 전해졌다. 내 시선이 L이 손에 쥔 초콜릿에 닿았다.

"나는 그거 좀 씁쓸하더라."

"처음은 쌉싸름한데 끝이 달콤해."

L이 초콜릿 하나를 입에 넣으며 말했다.

"처음부터 달콤한 게 좋지 않아?"

"달기만 하면 재미없어. 쓰다가도 달고, 떫다가도 고소하고. 원래 그런 게 인생의 맛이래."

"누가 그래?"

"내가."

피식 싱거운 웃음이 터져 나왔다. 그사이 초콜릿을 다 먹은 L이 탁탁 두 손을 털며 물었다.

"너 고등학교는 큰 도시에서 다닐 거라며?"

노랗게 물들어 가는 들판을 바라보다 나는 고개를 돌렸다.

"그것도 네 예상이야?"

"아니, 너희 부모님이 그랬다는데?"

바람이 불자 새가 가벼운 공기를 타고 더 높이 날아올랐다. 태양이 뒷산으로 넘어가면 하늘은 잠시 진달랫빛으로 물들었다.

사실 어디든 상관없었다. 보이는 것이라고는 논밭이 전부인 시골이든 화려한 대도시든, 전교생이 백 명도 안 되는 작은 학교든 크고 유명한 학교든, 어디에 살고 어떤 학교에 다녀도 내 생활은 지금과 크게 다르지 않을 테니까.

"그럴 리 없어."

다만 L이 없는 곳은 싫었다. 그곳이 어디든 반드시 L이 있어야 했다.

"너희 부모님이 기어이 이사 간다고 하면?"

"그땐 나 혼자 여기 남으면 되지."

"그게 쉽겠냐?"

L이 부스럭거리며 주머니에서 무언가를 꺼냈다.

"그건 또 무슨 초콜릿이야?"

그렇게 묻는 내게 L이 두 눈을 가늘게 뜨고는 콧
잔등에 주름을 만들었다.

"이게 어딜 봐서 초콜릿이야? 두통약이다. 네 얘
기 들으니까 머리가 아파. 너 진짜 도시로 가면 내
가 불안해서 잠이 안 올 것 같아."

나는 습관처럼 싱거운 웃음을 터뜨렸다. 하지만 그러지 말았어야 했다. 그토록 가볍게 넘기면 안 되었는데. 바보처럼, 정말 바보처럼 나는 그저 웃고 말았다.

그즈음 L은 두통약이나 진통제를 자주 먹었다. 단순히 학업 스트레스라 생각했다. 등교하다 L이 쓰러졌다는 소식을 들었을 때도, L이 먼 도시의 대학 병원으로 이송되었다고 했을 때도, 중환자실에 있다고 했을 때도, 내 믿음은 절대 흔들리지 않았다. 다음 날이면 히죽 웃는 L을 볼 수 있으리라 믿었다.

일주일 후 담임이 교실에 들어와 L의 빈자리를 바라볼 때도, 고개를 숙인 채 한참을 서 있을 때도, "오늘은…… 수업…… 못 하겠다." 울먹이며 어깨를 들썩일 때조차 믿지 않았다. 하지만 알게 되었다. 세상은 내 믿음 따위 가볍게 치부한다는 사실을. 이제 L이 없는 곳은 이 세상 전부가 되었다.

좀처럼 잠을 못 자는 것과 고등학교에 적응하지 못한다는…… 이렇듯 사소한 점만 빼면 놀랍게도 내 생활은 변하지 않았다. 문제는 나에게는 별일 아닌 것들이, 부모님에게는 아주 큰 문제로 인식되었다는 점이다.

L의 말은 사실이었다. 부모님은 나를 더 큰 고등학교에 보내려 했다. 입학과 동시에 이사를 계획했지만, 공무원인 아빠의 발령 대기와 집 문제가 겹쳐 잠시 연기되었다.

어디에도 L이 없는 세상에선 정말 어디든 상관없었다. 나는 그렇게 도시로 왔고, 2학기가 되면 새로운 학교에 다닐 예정이다.

바뀐 환경 때문인지, 이사의 고단함 덕분인지, 이곳에 온 후로는 밤마다 새하얗게 달라붙던 불면이 사라졌다. 나는 침대에 눕기 무섭게 잠이 들었고 눈을 뜨면 창밖의 세상은 환하게 밝아 있었다. 부모님은 내 숙면에 안도했지만, 나에게는 또 다른 문제가 생겼다. 아침에 눈을 뜨면 알 수 없는 조급함이 밀려들어 참을 수가 없었다. 그렇게 쫓기는 사람처럼 서둘러 집을 벗어났다.

도무지 이해할 수 없는 건, 까닭 모를 초조함이 '쿠키 한 개'라는 간판을 본 순간 거짓말처럼 사라졌다는 것이다. 평소 쿠키는커녕 먹는 것 자체에 관심이 없었는데. '너는 삶의 낙 중 정말 커다란 부분을 잃었어.' 고소한 버터 향 사이로 L의 목소리가 들리는 것 같았다.

"이거랑 이거요."

가게에 들어온 이상 그냥 나갈 수는 없었다. 그저 손이 가는 대로 고르자, 내 또래로 보이는 아르바이트생이 빙긋이 웃었다.

"버터시나몬과 초코칩이요?"

"네, 두 개요."

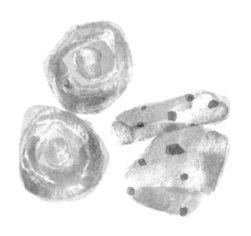

내가 두 개나 골랐나 싶었지만, 서둘러 값을 치르고 가게를 빠져나왔다. 그제야 팽팽했던 마음이 느슨해지며 온몸에 힘이 빠졌다. 꿈속인 듯 머릿속이 몽롱했다.

　그 뒤로는 날이 밝기 무섭게 습관처럼 밖으로 나갔다. 두근거리는 마음과 초조한 감정은 눈앞에 '쿠키 한 개' 간판이 보이면 어김없이 사라졌다. 어떤 말로도 형용할 수 없고, 어떤 논리로도 설명할 수 없는 이 기묘한 감정이…… 나는 싫지 않았다. 아무렇게나 고른 두 개의 쿠키를 먹을 때면, 고소하고 바삭하게 부서지는 끝에 조금의 슬픔과 그리움의 맛이 느껴졌다.

*

"우리 어디서 본 적 있죠? 그러니까 꿈속에서요."

그 말을 하는 상대의 눈빛에서 장난기라고는 조금도 찾아볼 수 없었다. 너무 진지한 표정에 나도 모르게 주춤 뒤로 한 걸음 물러섰다.

"꿈…… 안 꾸는데."

이해 못 할 사람은, 꿈 운운했던 아르바이트생이 아니었다. 바로 나 자신이었다. 꿈이라는 한마디에 기분 나쁠 정도로 가슴이 쿵쾅거렸다. 잘못하다 들킨 사람처럼 두렵고 겁이 났다. 나는 도망치듯 가게를 빠져나와 어딘가 모를 곳을 향해 걷고 또 걸었다. 꼭꼭 숨겨 놓은 비밀을 들킨 기분이었다. 다른 누구도 아닌, '쿠키 한 개'에서 일하는 아르바이트생에게…….

　나는 손끝의 거스러미를 뜯으며 아릿한 통증에 집중하려 했다. 대체 비밀이 뭐야? 자문해도 대답할 수 없을 테니까. 매일같이 쿠키를 사러 가는 이유조차 모르는데 다른 것은 이해되지도, 알고 싶지도 않았다. 나는 한동안 '쿠키 한 개'에 가지 않았다. 아침마다 이유 모를 불안함과 조급증은 여전했지만, 애써 다른 쪽으로 관심을 기울이려 노력했다. 어쩐지 그래야 할 것 같았다. 평소보다 조금 힘든 하루를 보내면 늘 그렇듯 새로운 밤이 찾아왔다. 나는 언제나처럼 꿈조차 꾸지 않는 깊은 잠 속으로 추락했다.

　"요즘은 왜 쿠키 안 사다 줘?"

"어, 미안."

"내가 말했지? 꼭 그 쿠키여야만 한다고."

"알았어. 다음에는 꼭 사다 줄게."

"내일은 꼭."

"그래, 내일은 꼭."

"내일은 아무거나 말고 반드시 녹차쿠키여야 해."

"맞아, 너 녹차 좋아했는데 깜빡했다."

"잊지 마. 쓸쓸한 맛 뒤에 오는 달콤함."

"그래, 내일은 꼭 녹차쿠키를 사다 줄게."

"내일도 두 개."

"알아. 너랑 나 하나씩 두 개."

"아니. 이번에는 너랑 그 아이 하나씩 두 개."

"그 아이가 누군데?"

"쿠키 가게 아르바이트생 있잖아. 그 애도 우리

랑 동갑이다?"

"갑자기 그 아이는……."

"그래서 말인데, 이번에는 나한테 쿠키 가져오
지 마. 그냥 거기서 먹어, 그 아이랑."

"무슨 소리야. 내가 왜?"

"너도 알잖아. 지금 꿈이라는 거."

L의 한마디에 주위의 모든 것이 허물어지기 시
작했다. 나는 세차게 고개를 내저었다. 아니, 절대
그럴 리 없었다. 나와 L, 우리 둘만의 세계니까. 이
곳에서조차 빼앗길 수 없단 생각에 나는 필사적으
로 L을 붙잡았다.

"그런 소리 하지 마. 여긴 우리의 세계야. 말했잖
아. 나는 네가 있는 곳을 원한다고. 앞으로도 쭉 쿠
키 사다 줄게. 내가 약속 안 지켜서 화났구나. 미안

해. 내일은 정말……."

L이 천천히 도리질 쳤다.

"이곳은 꿈이야. 네가 아무리 부정하고 지워 버리려 노력해도, 이 꿈은 영원할 수 없어."

"왜 그래? 네가 하라는 대로 했는데."

"이젠 안 해도 돼."

L이 두 눈을 가늘게 뜨며 콧잔등에 주름을 만들었다. 그 모습이 너무 익숙해 숨이 막혔다.

"내가 말했잖아. 너 도시로 가면 불안해서 잠이 안 올 것 같다고. 그래서 그런 거야."

나는 L이 무슨 말을 하는지 알 수 없었다. 내가 불안해서 뭘 그랬다는 건지, 내가 매일같이 쿠키를 사다 주는 것과 L의 불안함에 어떤 관계가 있는지, 이 모든 것의 의미를 이해할 수 없었다. 조금도 이

해하고 싶지 않았다.

"꿈에서 깨면 너는 아무것도 기억 못 할 거야. 그래도 괜찮아."

"아니야. 나는 꼭 너를 기억……."

"앞으론 괜찮을 거야. 정말 괜찮을 거야. 그러니까."

"……."

"좀 웃어."

이렇게 덧붙이며 L이 웃었다. 그 환한 미소가 조금씩 희미해지더니 나에게 손을 흔드는 모습이 서서히 지워지기 시작했다. 마을에서 L과 함께 보았던 진달랫빛 햇살이 쏟아지고 나는 그 찬란한 빛에 두 눈을 떴다.

문득 아침이 너무 빨리, 너무 성급하게 찾아왔다는 서운함이 밀려들었다. 나는 침대에서 상체를 일으켜 손톱자국이 선명하게 찍힌 손바닥을 내려다보았다. 대체 무엇을 이토록 꽉 움켜잡으려 했을까? 아무리 떠올려 봐도 지난밤의 꿈은 작은 흔적조차 찾을 수 없었다. 과연 꿈이라는 걸 꿨을까? 그 질문에 대한 답은 어쩐지 내게는 없는 것 같았다.

*

"새 학교에는 한 학년에 열두 반이래. 학교가 너무 커서 무슨 대학교 같더라."

새 교복을 옷장에 걸며 엄마가 말했다. 나는 아무 대답 없이 방을 빠져나왔다. 엄마가 무심한 듯

내뱉은 말에는 또 다른 의미가 담겨 있었다. 내가 과연 큰 학교에서 적응할 수 있을지 걱정된다는 뜻이었다. 이제 며칠 후면 개학이다.

"또 어디 가는데?"

"그냥."

정말 그냥이었다. 이제 쿠키는 살 필요도 먹을 이유도 없으니까. 그럼 전에는 어떤 필요와 이유가 있었나? 그 생각을 하자 이상할 정도로 기분이 가라앉았다.

고개를 들었을 땐 눈앞에 또다시 '쿠키 한 개'가 있었다. 단순한 습관인지 뭔가에 홀렸는지 정신을 차리면 늘 이곳이었다. 이제라도 되돌아가면 될 텐데, 두 다리는 제멋대로 이차선 도로를 건너기 시작했다. 문을 열자 맑은 종소리와 함께 어느덧 익숙해진 얼굴이 똑같은 인사를 건넸다.

"어…… 어서, 오……세요."

그 뒤에 일어난 일들도 여전히 이해되지 않았다. 내가 왜 녹차쿠키를 고집했고, 굳이 먹고 간다고 했는지, 아작 소리와 함께 힘없이 부서지는 게 입안의 쿠키인지, 내 심장의 한 조각인지조차 알 수 없었다. 가슴의 통증과 함께 왈칵 눈물이 흘러내렸다. 하지만 전혀 당혹스럽거나 창피하지 않았다. 내가 왜 울고 있을까? 오직 이 궁금증만 터질 듯 부풀어 올랐다.

그리고 또 한 사람……

"그쪽이 내 꿈에 나왔다는 것도 사실이에요. 진짜라고요, 진짜."

이곳의 아르바이트생도 울고 있었다. 내게 커피

우유 한 팩을 건네주고는 정말 서럽고 아프게 엉엉 소리 내어 울었다.

'믿어요. 그쪽 꿈에 내가 나왔다는 거, 진짜 믿는다고요.'

왜인지, 무슨 이유인지 늘 그렇듯 알 수 없었다. 다만 내가 이곳을 다시 찾은 이유가, 바로 이 말을 해 주기 위해서라는 엉뚱한 마음이 들었다.

"쿠키 한 개."

그러나 좀처럼 입이 떨어지지 않았다. 그저 울고 있는 아이 쪽으로 접시를 밀어 주었다.

"먹을래요?"

문득 쿠키가 두 개라서, 아직 한 개가 남아 있어서, 정말 다행이라 생각했다. 나도 모르게 피식 싱거운 웃음이 터져 나왔다.

에필로그

"전통 팥앙금 수업 듣다가 떠올라서 만들어 봤어."

물끄러미 엄마 손에 들린 종이 가방을 내려다보았다.

"새 쿠키를 우리 반 애들한테 시식시키라고?"

"꼭 그런 건 아니고, 개학이잖아. 피곤할 때는 달달한 게 좋아."

짧은 한숨 끝에 나는 부러 환하게 미소 지었다.

"가게에 놓고 손님들에게 서비스로 드려. 그게 더 나아."

"손님들 시식용은 이미 따로……."

"너무 많아. 몇 개만 가져갈게."

쿠키가 가득한 종이 가방에서 나는 두 개를 꺼냈다. 엄마가 뭐라 소리쳤지만 서둘러 가방을 멨다. 그래, 피곤할 때는 달달한 게 좋겠지. 물론 그 참맛을 아는 사람에 한해서만.

코코아색으로 변한 피부와 방학 전보다 창백해진 얼굴과 몇 주 만에 껑충해진 키와 몰라보게 달라진 머리 스타일과 끊임없이 흘러나오는 이야기와 소문 들이 아직 남아 있는 여름 열기처럼 뜨겁게 교실을 메웠다. 드르륵 소리와 함께 교실 문이 열리고, 방학 전과 비교해 조금도 변하지 않은 선생님이 들어왔다. 그리고 담임을 따라 주춤주춤 걸음을 옮기는 또 한 명……

아이들의 시선이 일제히 한곳으로 모였다. 너무 익숙한 교복에 그렇지 못한 얼굴, 아니, 아니었다. 너무 익숙한 얼굴에 좀처럼 낯설게 보이는 교복이었다. 적어도 내 눈에는 그랬다.

담임의 입에서 흘러나오는 방학 끝, 2학기 중간고사 따위의 말들은 귓가에 닿지 못한 채 허공에 흩어져 버렸다.

"2학기부터 함께할 친구다. 이름은……"

오직 마지막 세 글자만이 선명하게 날아와 박혔다. 발끝을 보던 시선이 천천히 고개를 들었다. 잠시 방황하던 카카오색 눈동자가 이윽고 한 곳을 바

라보았다.

'쿠키?'

묻는 눈빛에 나는 살짝 고갯짓했다.

'응.'

교실 가득 맑은 방울 소리가 들려왔다. 문득 가
방 속에 들어 있는 쿠키 두 개가 떠올랐다. 혹여 또

모를 일이다. 그 참맛을 아는 사람이 한 명쯤 있을
지도.

이희영

내가 기억하지 못하는, 눈을 뜸과 동시에 사라지는 꿈속에서
나는 얼마나 많은 사람을 만나고 환상적인 모험을 했을까.

소설의
첫 만남 **33**

쿠키 두 개

초판 1쇄 발행 | 2025년 2월 7일

지은이 | 이희영
그린이 | 양양
펴낸이 | 염종선
책임편집 | 김도연
펴낸곳 | (주)창비
등록 | 1986년 8월 5일 제85호
주소 | 10881 경기도 파주시 회동길 184
전화 | 031-955-3333
팩스 | 영업 031-955-3399 편집 031-955-3400
홈페이지 | www.changbi.com
전자우편 | ya@changbi.com

ⓒ 이희영 2025
ISBN 978-89-364-3153-2 43810